NANCY

LA ELEGANTE

y la perrita popoff

Escrito por
Jane O'Connor

Ilustrado por
Robin Preiss Glasser

Traducido por
Liliana Valenzuela

rayo
An Imprint of HarperCollinsPublishers

Rayo es una rama de HarperCollins Publishers.

Nancy la Elegante y la perrita *popoff*
Texto: © 2007 por Jane O'Connor
Ilustraciones: © 2007 por Robin Preiss Glasser
Traducción: © 2011 por Liliana Valenzuela
Elaborado en China.
www.harpercollinschildrens.com
Library of Congress ha catalogado la edición en inglés.
ISBN 978-0-06-179961-7
Diseño del libro por Jeanne L. Hogle
15 16 17 SCP 20 19 18

❖

Primera edición

Para Margaret Anastas, una editora que es pura dinamita, mi sumo agradecimiento por
ayudar a dar a luz a Nancy, y hacer de toda esta experiencia pura diversión
—J.O'C.

Para mi agente y amiga, Faith Hamlin, que me ha apoyado tenazmente
contra viento y marea
—R.P.G.

Estoy eufórica. (Esa es una palabra
elegante para decir feliz.)
Vamos a tener un perrito, uno de verdad.

Ojalá el nuestro sea un *papillon* como el perro de la vecina. *Papillon* quiere decir mariposa en francés.

Yo ayudo a la Sra. Di Vina a cuidar a Joyita.

La llevamos al salón de belleza.

Le compramos atuendos nuevos.
(Esa es una palabra elegante para decir ropa.)

Los perritos *papillon* son tan *popoff.*
(Esa es una palabra elegante para decir elegante.)

Sólo hay un problema . . . mis padres.

—A los *papillon* les gusta estar adentro —dice papá—. Son demasiado pequeños.

—Y delicados —dice mamá—. ¿Qué tal uno
de estos perros?

Niego con la cabeza. Demasiado grande. Demasiado marrón.
Demasiado sencillo.
A veces es difícil ser la única persona elegante de la familia.

Luego se me ocurre una idea espectacular.
(Esa es una palabra elegante para decir muy
buena.)
¡Podríamos cuidar a Joyita!

Mis padres están de acuerdo.
La Sra. Di Vina también.
Mi familia se dará cuenta
de lo felices que seríamos con
un perrito *papillon*.

Le presento mi muñeca Mirabella a Joyita.

Le enseño a mi hermana cómo arreglar a Joyita...

...y cómo recoger su popó.

Mi hermana quiere cargar a Joyita y darle un beso.
Le digo: —Ten mucho cuidado.
—Qué niña tan responsable eres —me dice mi
mamá—. Tu perrito va a ser muy afortunado.

—Merci —respondo. (Eso quiere decir gracias en francés.)

Dos de mis amigos están paseando sus perros.
—Vengan a mi casa —les digo—. Estoy cuidando
una perrita. Podrían jugar todos juntos.

Canela chapotea en la piscina para niños.
Joyita se esconde detrás de mis piernas.

Rayo va detrás de la pelota.

—Anda, Joyita. ¡Ve por la pelota! —
le grito. Joyita se me queda mirando.

—Se agota fácilmente —le digo a mis
amigos. (Esa es una manera elegante
de decir que se cansa.)

Mientras Joyita se repone,
tomamos un refrigerio.

¡Oh, no! Mira lo que está haciendo mi hermana.
¡La pobre Joyita está aterrada!

—¡Mamá! ¡Apúrate! ¡Joyita no se siente bien!

—Cuando tengamos un *papillon*, no
voy a dejar que se le acerque —digo.

Mamá susurra: —Ella no sabía. Intentaba
ser amable.
Ya lo sé.

Devolvemos Joyita a su casa.
Ella es una perrita ideal para la Sra. Di Vina.
Pero quizá no sea el perrito ideal para nosotros.

Estoy tan triste que casi ni me pongo elegante cuando vamos a cenar a La Corona del Rey.

De vuelta a casa, pasamos por el refugio para animales. —Vamos a echar un vistazo —dice mamá—. Todos estos perros necesitan de una familia que les dé cariño.

Le pregunto a la señorita: —¿Tiene algún perro elegante?
Y ella me responde: —Creo que tengo una perrita que te
va a encantar. Es graciosa y juguetona y lista y mimosa. Se
llama Fifí.

Mmmm . . . ¿Fifí? Me gusta como suena.

Fifí corre hacia mí y se trepa en mi regazo.
Le gusta que mi hermana la abrace.

Fifí es la perrita ideal para nosotros.

Mi papá dice que Fifí es un spaniel de La Salle. Esa es una raza extraordinaria. (Extraordinaria es una palabra elegante para decir única.)

¿Sabes qué?
Quizá eso sea aún mejor que ser elegante.